Bafafá na Terra de Nefertiti

Título original: Rififi chez Néfertiti

EDIÇÃO GERAL
Sonia Junqueira

PREPARAÇÃO
Cecília Martins

REVISÃO
Aline Sobreira

DIAGRAMAÇÃO E ADAPTAÇÃO DE ILUSTRAÇÕES
Tales Leon de Marco

Dados Internacionais de Catalogação na Publicação (CIP)
(Câmara Brasileira do Livro, SP, Brasil)

Pronto
Bafafá na terra de Nefertiti : 3 grandes enigmas / escrito e ilustrado por Pronto ; tradução Vera Chacham. -- 1. ed. -- Belo Horizonte : Autêntica Editora, 2014. (Você é o detetive)

Título original: Rififi chez Néfertiti.
ISBN 978-85-8217-407-4

1. Literatura infantojuvenil I. Título.

14-09087 CDD-028.5

Índices para catálogo sistemático:
1. Literatura infantil 028.5
2. Literatura infantojuvenil 028.5

GRUPO **AUTÊNTICA**

Belo Horizonte
Rua Aimorés, 981, 8º andar . Funcionários
30140-071 . Belo Horizonte . MG
Tel.: (55 31) 3214-5700

Televendas: 0800 283 13 22
www.grupoautentica.com.br

São Paulo
Av. Paulista, 2.073, Conjunto Nacional,
Horsa I . 23º andar, Conj. 2.301 . Cerqueira César .
01311-940 . São Paulo . SP
Tel.: (55 11) 3034-4468

BaFAfÁ na TErra dE NefERTiti

3 grandes enigmas

escrito e ilustrado
por **Pronto**

Tradução:
Vera Chacham

autêntica

INSTAMATOC 140
CAMERA
Prontak
MADE IN PIPO REPUBLIK

MALDADES NO AFRESCO!

Enquanto se apressava para fechar as portas do monumento, o vigia do Templo de Sortudor descobriu que o magnífico afresco da grande sala havia sido desfigurado por um vândalo. Os estragos ocorreram, certamente, logo antes do fechamento, pois, quando realizava sua última ronda de vigilância, as pinturas ainda estavam intactas. A cena do crime foi minuciosamente vasculhada, o que permitiu recolher os vários indícios deixados pelo culpado. Segundo os primeiros elementos da investigação, o sujeito, sem dúvida, estava infiltrado no último grupo de turistas a visitar o templo. Esperamos que ele seja rapidamente desmascarado para compreender o que pode levar esse sinistro indivíduo a vandalizar dessa forma uma obra de 2.500 anos.

Foto de reconstituição
Templo de Sortudor

Vacy Lando
30 anos
1,63 m
Estudante
Rua do Manuscrito, 12
João Pessoa
1
Otto Massa
45 anos
1,79 m
Pedreiro
Rua da Obra, 10
Recife
2
Jesus Kikallor
41 anos
1,72 m
Confeiteiro
Rua do Farelo, 11
Pelotas
3
Dício Narion
38 anos
1,82 m
Militar
Rua dos Generais, 33
Porto Alegre
4
Liama Coelho
44 anos
1,66 m
Enfermeira
Rua da Sirene, 3
Juiz de Fora
5
Taco Pimenta
46 anos
1,71 m
Motorista de caminhão
Rua Ladeira Acima, 9
São Luís
6

César Malasarte
39 anos
1,68 m
Pintor (artista)
Avenida Nie Mayer, 12
Rio de Janeiro
7
João Luís F. Olgaddo
57 anos
1,69 m
Aposentado
Rua do Xadrez, 15
Belo Horizonte
8
Guido Parreira
48 anos
1,81 m
Jardineiro
Alameda das
Sementes, 19
Divinópolis
9
Rosa Cândida
47 anos
1,73 m
Professora primária
Rua ABC, casa 7
Brasília
10
Renato Pontual
35 anos
1,81 m
Carteiro
Rua da Entrega, 5
São José dos Campos
11
Os suspeitos

Primeira pista

O guarda da sala onde aconteceu o crime descreveu de forma precisa um dos turistas que não pode ser suspeito. Com base em seu depoimento, descubra quem é esse inocente.

Segunda pista

Um manuscrito antigo está exposto em uma vitrine não muito distante da grande sala. As misteriosas operações nele inscritas parecem conter uma pista secreta. Encontre o algarismo correspondente a cada um dos três hieróglifos. Some esses três números. O resultado obtido é o número da casa onde mora um inocente.

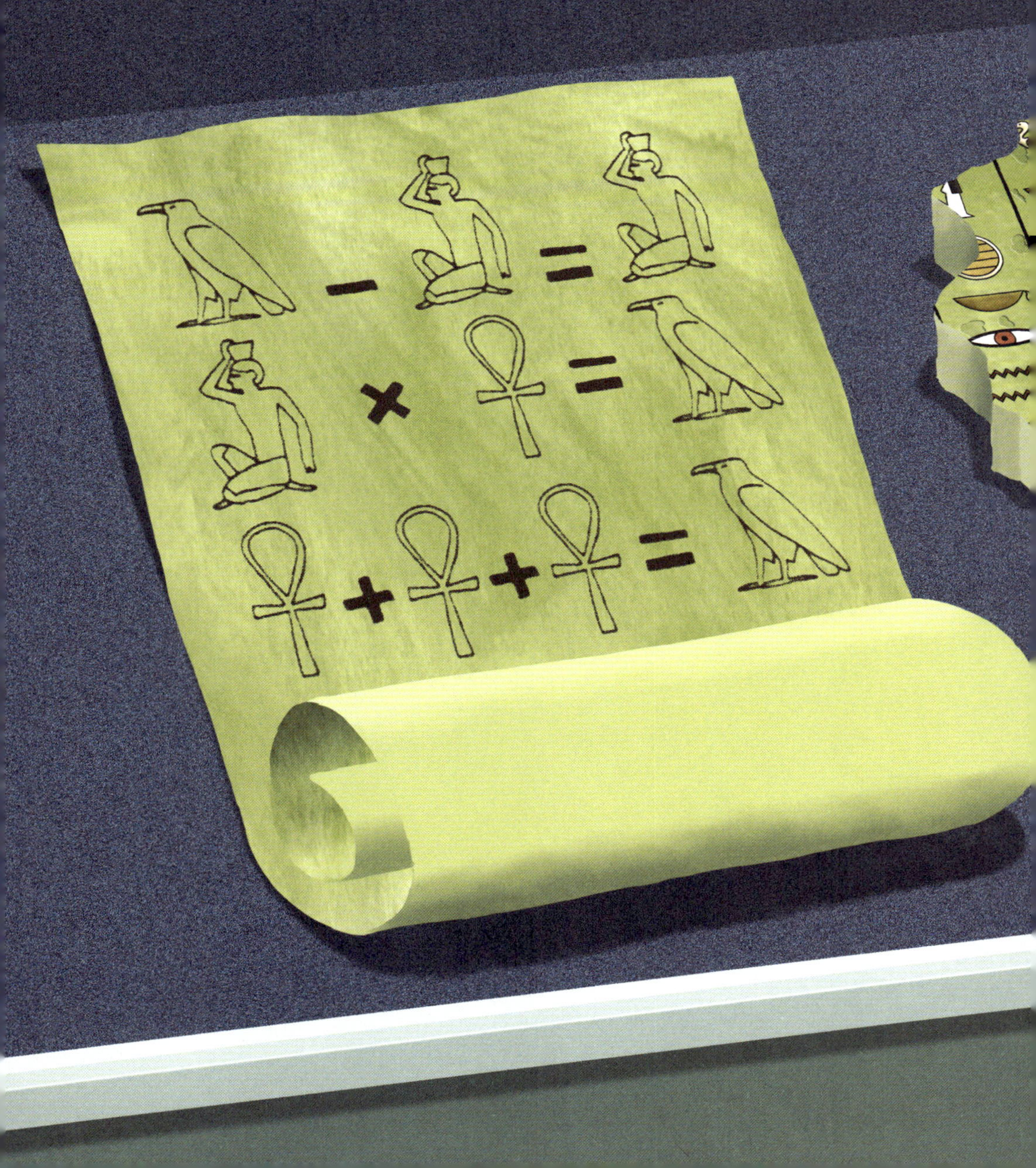

Terceira pista

À venda na loja de souvenirs, essas estatuetas, à primeira vista, parecem idênticas entre si. Algumas, contudo, são peças únicas. Localize-as entre as cópias e conte-as. O número resultante está contido na idade de um inocente.

Quarta pista

Eis alguns cartões-postais representando importantes faraós. Classifique-os em ordem cronológica, começando pelo mais antigo. Anote a primeira letra do nome de cada faraó e componha o nome da pista que permite descartar um suspeito.

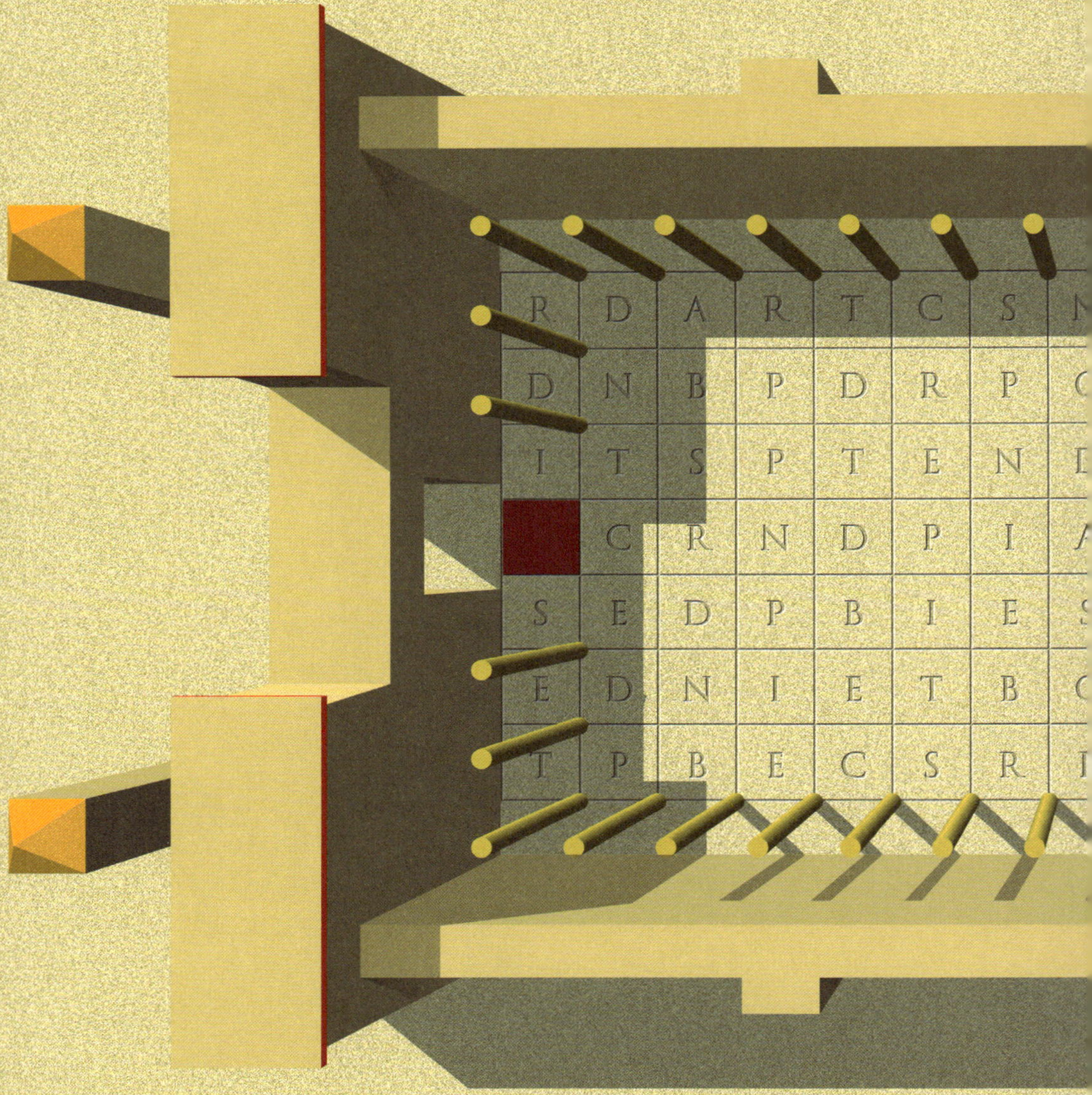

Quinta pista

Os interrogatórios permitiram restituir o itinerário da visita dos suspeitos ao Templo de Sortudor. Siga as instruções ao lado e percorra a sala, de ladrilho em ladrilho, partindo do vermelho. Anote a letra que se encontra no ladrilho que fecha o percurso: é a mesma que inicia o nome da cidade onde mora um inocente.

1↑ 4→ 3↓ 3→ 4↑ 3→ 5↓ 7← 1↑ 8→ 5↑
3← 3↓ 4→ 1↑ 3→ 2↓ 5← 2↑ 3← 2↑ 6←

Sexta pista

A cena do crime foi minuciosamente vasculhada. Analisando ao microscópio as partículas descobertas, você pode ligar cada uma delas a um suspeito. Aquele que não deixou nenhum traço é, sem dúvida, inocente.

Sétima pista

Esses hieróglifos foram descobertos em uma das paredes do Templo de Sortudor. Observe-os com atenção e anote:

- Há quantos hieróglifos diferentes?
- Quantas vezes o mais frequente entre eles aparece?
- Quantos hieróglifos foram reproduzidos exatamente seis vezes cada um?

Some os três números encontrados para obter a idade de um suspeito. Você pode inocentá-lo.

Oitava pista

Essas pistas foram espalhadas no chão. Cada fileira de tíquetes da mesma cor obedece a uma sequência lógica. Dentro de cada fileira, descubra o número que falta. Some os três números encontrados para obter, em centímetros, a altura de um inocente.

Nona pista

Antes de deixar o lugar, o malfeitor pichou um magnífico afresco. Decifre esse misterioso jogo de palavras e descubra a mensagem que permitirá identificar um inocente.

Décima pista

Eis os resumos dos interrogatórios dos suspeitos. Alguns deles não parecem dizer toda a verdade. Analise as declarações ao lado na ordem em que aparecem e determine o que é falso e o que é verdadeiro. Parta da porta do ônibus.

- Se um suspeito diz toda a verdade, desloque-se três passageiros à esquerda da sua posição.
- Se um suspeito diz somente mentiras, desloque-se três passageiros à direita.
- Se um suspeito diz uma verdade e depois uma mentira, desloque-se dois passageiros à esquerda
- Se um suspeito diz uma mentira depois uma verdade, desloque-se dois passageiros à direita.

O último passageiro que você encontrar é o último inocente.

Vacy Lando: "Eu sou inocente e moro ao norte do Rio Paraíba do Sul."
Dício Narion: "Eu sou o mais alto dos turistas e detesto armas."
Taco Pimenta: "Eu tenho longos cabelos cacheados e uma visão perfeita."
Renato Pontual: "Eu distribuo o correio e sou mais velho do que César Malasarte."
Guido Parreira: "Eu moro no estado do pão de queijo e amo as plantas."
Jesus Kikallor: "Eu não gosto de doce e sou maior do que Otto Massa."
Rosa Cândida: "Eu ainda não tenho 50 anos e não sou a mais alta das mulheres."
Otto Massa: "Eu não uso barba e não trabalho em um escritório."

Identificação

Parabéns!
Todas as pistas recolhidas permitiram que você inocentasse os suspeitos um a um. Você pode agora desmascarar o culpado dos estragos no afresco.

Vacy Lando	Otto Massa	Jesus Kikallor	Dício Narion	Liama Coelho

Se você não encontrou alguma pista e está se coçando para saber as **soluções**, vire o livro e coloque-o diante de um espelho.

Taco Pimenta | **César Malasarte** | **João Luís F. Olgaddo** | **Guido Parreira** | **Rosa Cândida** | **Renato Pontual**

- **Primeira pista:** Otto Massa. • **Segunda pista:** Jesus Kikallor (6, 3 e 2).
- **Terceira pista:** Taco Pimenta (6). • **Quarta pista:** César Malsanfe (pincéis).
- **Quinta pista:** Guido Parreira (Divinópolis, MG). • **Sexta pista:** João Luís F. Olgaddo.
- **Sétima pista:** Vacy Lando (17 + 8 + 5 = 30). • **Oitava pista:** Dicio Nahion (30 + 52 + 100 = 182).
- **Nona pista:** Liama Coelho ("Vou te enviar minhas fotos das pirâmides.") • **Décima pista:** Renato Pontual.

O culpado então é...

GAZET

ELE QUASE NÃO ESCAVOU MAIS!

Após muitos dias de buscas angustiantes, o célebre professor Nan Pollion foi encontrado, são e salvo, trancado no sarcófago do faraó Ameiassoquet. Alguns dias antes, o arqueólogo havia descoberto o quarto secreto onde repousava o sarcófago e certamente não esperava ser, ele mesmo, pego na armadilha da pirâmide. As primeiras pistas recolhidas direcionaram a investigação para os membros da equipe do professor. Embora respeitado por seu imenso conhecimento, o velho solteirão irritava regularmente seu círculo de conhecidos com suas várias manias. Nos últimos tempos, ele havia recebido uma mensagem com uma ameaça extremamente clara: "Se o senhor continuar a fuçar, são os seus ossos que serão encontrados". Graças às numerosas pistas, não há dúvida alguma de que, desta vez, é o culpado quem ficará trancafiado.

UM CA
BANHE

Enquanto
ao banhe
ro contr
de sua s
O carro
a uma
metros
foram
ment
penc
no b
carr
sári
can

CHAMOU A POLÍCIA PARA SER ACORDADO DE MANHÃ

Um americano de 51 anos telefonou para o 911 pedindo que o acordassem na manhã seguinte para que ele chegasse na hora ao julgamento para o qual ele tinha sido convocado. A chamada telefônica, efetuada às 3h30 da manhã, surpreendeu ...idades, que evidente- ... homem.

UM PULÔVER COM PELOS DE ANIMAIS

Um britânico utilizou os pelos soltos de seus dois cachorros de uma maneira surpreendente: fez pulôveres com eles! Eis uma ideia de reciclagem no mínimo original: fazer dos pelos soltos do seu animal d
estimação uma vestimenta quen
para o inverno. Assim, Jeff Pull
diz exultante com seus novos ac
sórios: "As roupas são extremam
te quentes, e quase impermeávei
melhor não encostar nelas, mas
perfeitas". Esta é certamente moda boa pra cachorro...

Foto de reconstituição

Vincent Avos
22 anos
1,73 m
Rua Pedra da Roseta, 124
Brasília
1
Davi Vicente Lesado
51 anos
1,74 m
Rua do Farol, 135
São Paulo
2
Ivan D. Press
31 anos
1,80 m
Rua Nenê Fertiti, 128
Curitiba
3
Nestor V. O. Soh
44 anos
1,71 m
Avenida T. O.
Cançado, 112
Pelotas
4
Mateus Suetam
28 anos
1,74 m
Rua do Espelho, 203
Florianópolis
5
Albér Gamotta
67 anos
1,82 m
Rua César Kófago, 111
Rio de Janeiro
6

Joana D. Gizé
36 anos
1,65 m
Rua da Esfinge, 173
Rio Branco
7
Elivan Daliza
29 anos
1,73 m
Rua Mari Luxor, 136
Goiânia
8
Billy Kent
43 anos
1,69 m
Rua Osíris, 140
Jundiaí
9
Dingo B. Yloba
46 anos
1,75 m
Rua Tutan Kamon, 248
Niterói
10
Eleonor Mumif Ikada
39 anos
1,80 m
Rua do Arqueólogo, 161
Ouro Preto
11
Os suspeitos

Primeira pista

O professor Nan Pollion ainda está em choque e mal consegue se exprimir claramente. Elimine todos os "gaga" de seu depoimento. Você pode assim recolher seu testemunho e encontrar a pista que vai inocentar um suspeito.

Segunda pista

O professor fez uma descoberta essencial para conseguir entrar na tumba do faraó Ameiassoquet: a única pedra que está em contato com outras oito permite acionar um mecanismo de abertura. Parta do chão e anote o número da fileira na qual você encontrou essa pedra. É o número de outro inocente.

Terceira pista

Muitos amuletos foram trazidos à luz pelos arqueólogos em suas escavações. Encontre as peças únicas e anote seus números. Você pode assim compor o número da casa onde mora um inocente.

Quarta pista

Eis a caderneta na qual o professor Nan Polion desenhou o labirinto que protege a sala do tesouro. Partindo dessa sala, siga as indicações que levam à porta de saída e permitem escapar dessa armadilha. O nome da cidade onde vive um inocente começa pela letra que indica essa porta.

Quinta pista

Estes são os resumos dos interrogatórios. Alguns dos suspeitos parecem não estar dizendo toda a verdade. Analise as declarações ao lado na ordem em que aparecem e determine o que é verdadeiro e o que é falso. Parta do personagem que levanta os braços.

- Se um suspeito diz toda a verdade, passe ao personagem à esquerda da sua posição.
- Se um suspeito diz somente mentiras, passe ao personagem à direita.
- Se um suspeito diz a verdade e depois uma mentira, passe ao personagem acima.
- Se um suspeito diz uma mentira e depois a verdade, passe ao personagem abaixo.

Você chegará, assim, a um personagem que se encontra em posição idêntica à de um inocente na foto de reconstituição.

Vincent Avos: "Eu não sou o mais jovem e moro na montanha."
Nestor V. O. Soh: "Eu sou mais velho do que Billy Kent e tenho uma visão excelente."
Albér Gamotta: "Eu sou imberbe e moro em uma cidade pequena."
Joana D. Gizé: "Eu sou a mais alta das mulheres e moro perto de Mateus Suetam."
Dingo B. Yloba: "Eu uso barba e sou inocente."
Ivan D. Press: "Eu sou o mais alto e tenho cabelos longos."
Elivan Daliza: "Eu não moro à beira mar e sou mais jovem do que Vincent Avos."
Eleonor Mumif Ikada: "Eu sou alta e moro ao pé das montanhas."
Mateus Suetam: "Eu não possuo uma boa visão e não tenho bigodes."
Davi Vicente Lesado: "Eu não sou careca e moro na maior cidade do Brasil."

Sexta pista

Durante suas escavações, os arqueólogos descobriram objetos em pedaços. Observe com atenção esses diferentes pedaços e identifique aqueles que não podem ser unidos a nenhum outro. Conte-os: o número encontrado corresponde ao número de um novo inocente.

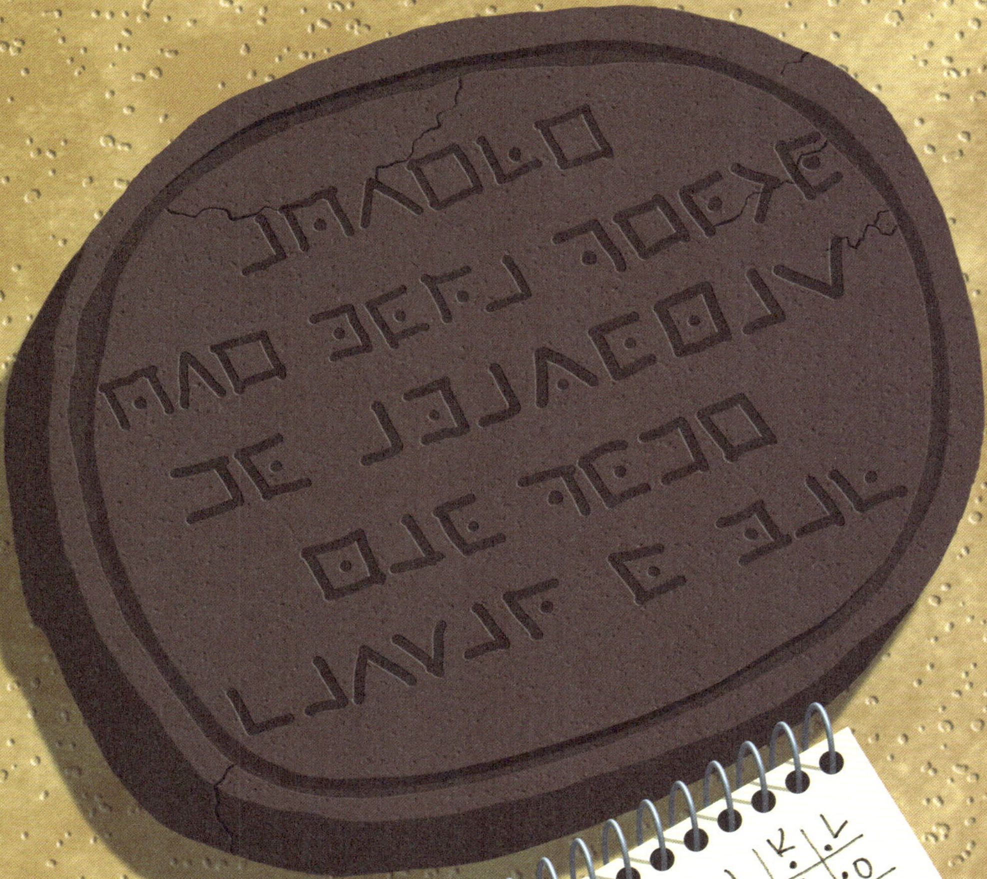

Sétima pista
Esta pedra gravada, encontrada durante as escavações, traz uma misteriosa mensagem. Utilize o código secreto inscrito no bloquinho para descobrir a preciosa pista que permitirá inocentar um suspeito.

Oitava pista

Eis a sala mortuária da pirâmide. As ataduras que recobriam a múmia de Ameiassoquet foram retiradas e identificadas com um xis vermelho. Identifique, entre as outras ataduras, aquela que é idêntica a essa evidência. Ela possui o mesmo número de um inocente.

Nona pista

Vários sarcófagos sem tampo foram encontrados dentro da pirâmide. Somente um deles corresponde ao tampo dourado. O algarismo associado a ele faz parte do número da casa onde mora um inocente.

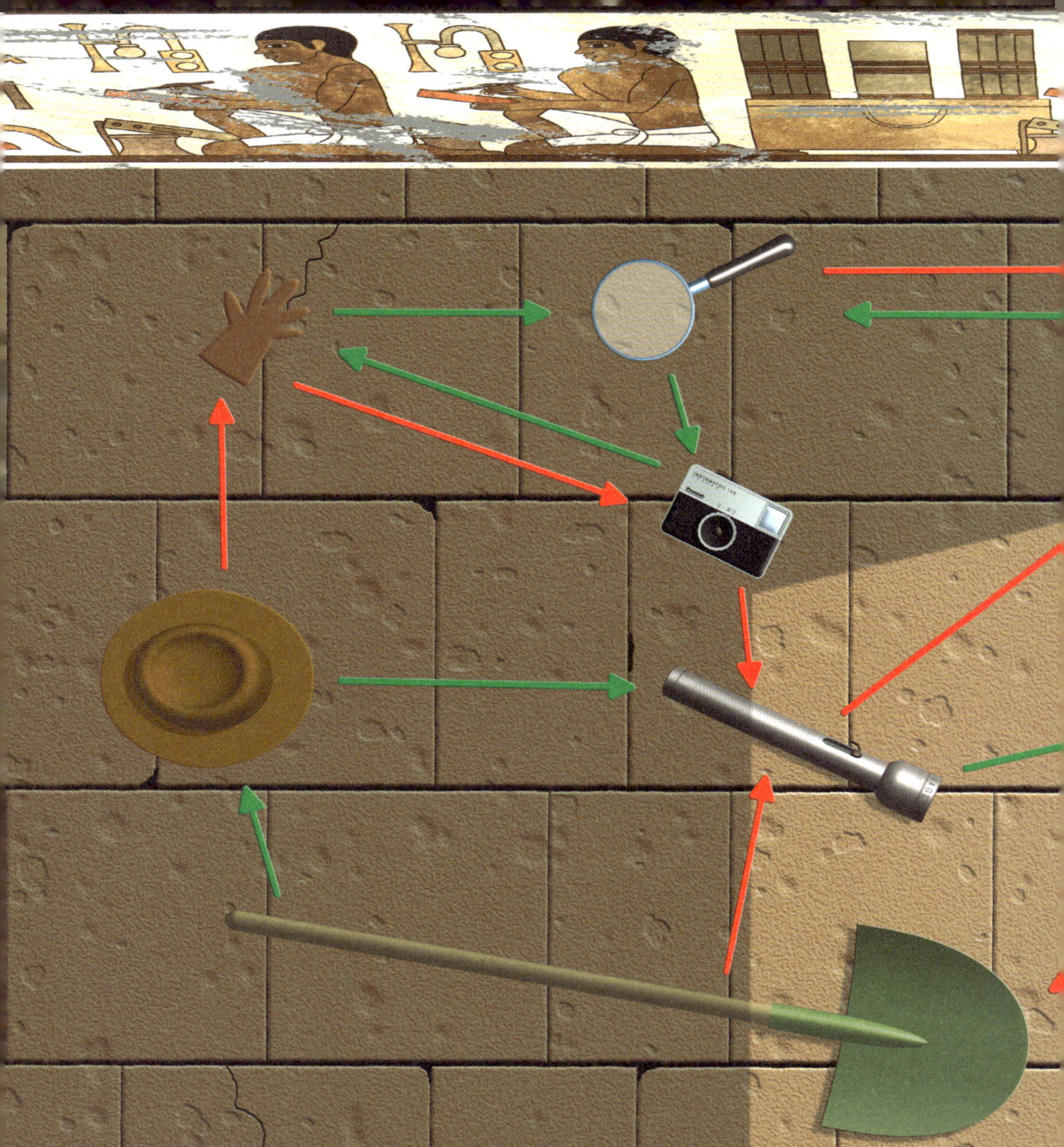

Décima pista

Estas são as ferramentas e acessórios encontrados nos corredores da pirâmide. Leia os resumos dos interrogatórios atentamente e na ordem em que aparecem. Situe-se no balde. Se a declaração do suspeito for verdadeira, siga a seta verde para ir até o objeto seguinte. Se a declaração for falsa, siga a seta vermelha. O acessório que você encontrar pertence a um inocente.

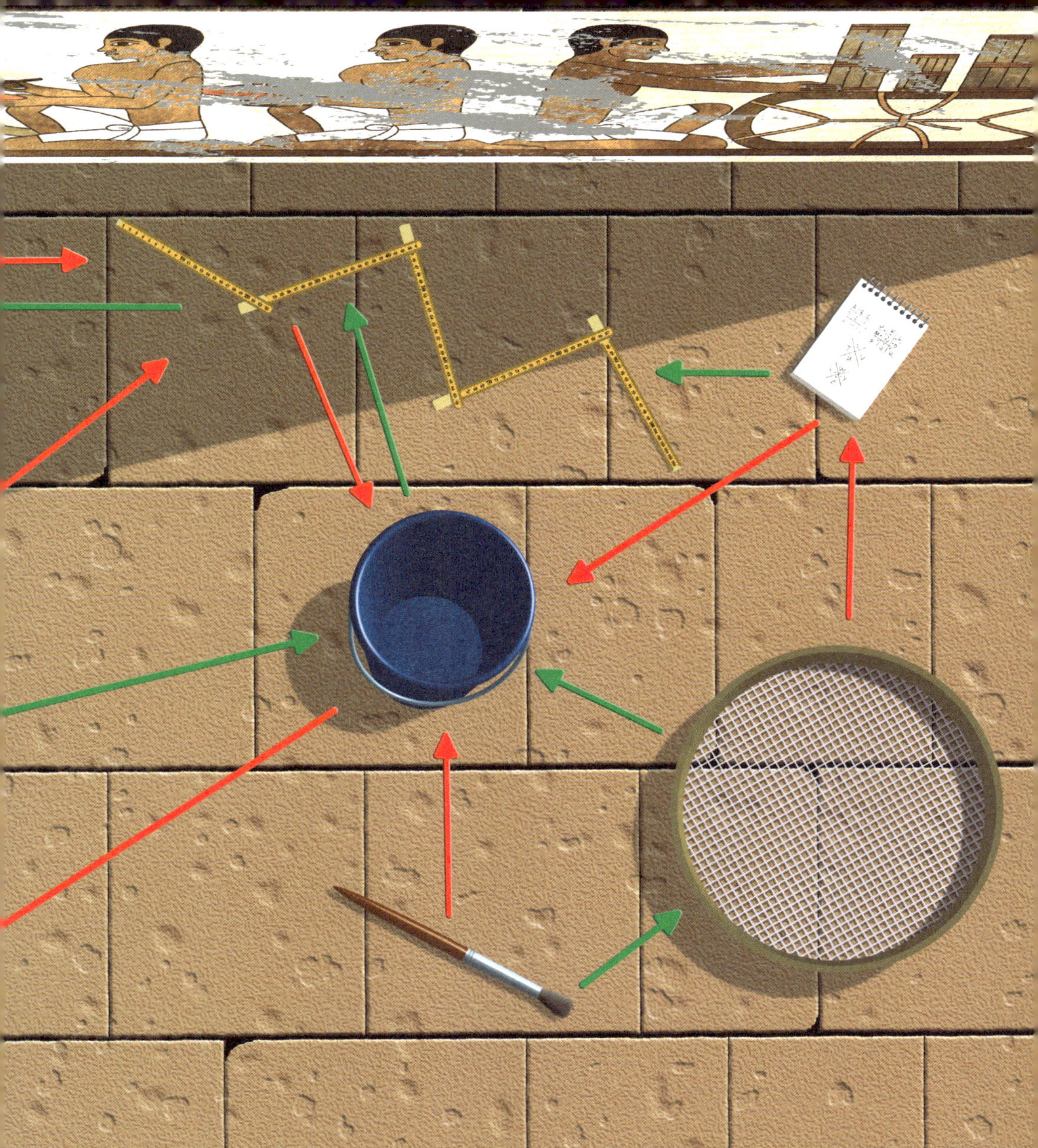

Vincent Avos: "Eu sou moreno."
Nestor V. O. Soh: "Eu moro no sul do Brasil."
Albér Gamotta: "Eu perdi muitos cabelos."
Joana D. Gizé: "Eu moro na fronteira com a Venezuela."
Dingo B. Yloba: "Eu sou o mais alto."
Ivan D. Press: "Eu não uso barba."
Elivan Daliza: "Eu não moro a beira mar."
Eleonor Mumif Ikada: "Eu sou inocente."
Mateus Suetam: "Eu moro no sul do Brasil."
Davi Vicente Lesado: "Eu sou menor do que Mateus Suetam."

Identificação

Parabéns!
Todas as pistas recolhidas permitiram que você inocentasse os suspeitos um a um. Você pode agora desmascarar o culpado do rapto de Nan Pollion.

Vincent Avos	Davi Vicente Lesado	Ivan D. Press	Nestor V. O. Soh	Mateus Suetam

Se você não encontrou alguma pista e está se coçando para saber as **soluções**, vire o livro e coloque-o diante de um espelho.

Albér Gamotta | Joana D. Gizé | Elivan Daliza | Billy Kent | Dingo B. Yloba | Eleonor Mumif Ikada

• **Primeira pista:** Eleonor Mumif Ikada („Eu estou certa de que, sobre o sarcófago, existem impressões digitais do culpado.“). • **Segunda pista:** Mateus Suetam. • **Terceira pista:** Dingo B. Yloba (2, 4, 8: 248).
• **Quarta pista:** Vincent Avos. • **Quinta pista:** Albér Gamotta. • **Sexta pista:** Nestor V. O. Soh.
• **Sétima pista:** Joana D. Gizé („Aquele que mora perto do Amazonas não pode causar o mal.“)
• **Oitava pista:** Elivan Daliza. • **Nona pista:** Davi Vicente Lesado (nº 5).
• **Décima pista:** Billy Kent (Máquina fotográfica).

O culpado então é...

CORTA!

Uma misteriosa sabotagem ocorreu durante a filmagem de *As harpas do faraó*: a película na qual estavam gravadas várias cenas importantes foi ncontrada em pedaços. Quem teria interesse em saboar de tal forma essa superprodução cinematográfica? Os nvestigadores já seguem várias pistas: a de um ator com um texto muito difícil de memorizar; a de um membro da equipe técnica que se considera mal remunerado e, ainda, a do produtor que desejava embolsar o dinheiro do seguro. As pistas recolhidas certamente permitirão desmascarar rapidamente o culpado dessa sabotagem que causou tanto prejuízo.

UM LADRÃO EM FUGA PEDE A POLICIAIS QUE LHE RETIREM AS ALGEMAS

Colin Visível, algemado depois de um assalto, conseguiu escapar, mas depois foi a uma delegacia para que lhe retirassem as algemas

O homem e seus três cúm- ... dinheiro (o ... por um amigo que queria fazer uma brincadeira com ele. Num ... momento, os policiais

Foto de reconstituição

PHONTOSCOPE

Aztecah Chorru
34 anos
1,65 m
Figurante
Rua do Desemprego, 12
Belo Horizonte
1
Maria M. Odela
41 anos
1,60 m
Figurinista
Linha Vermelha, 46
Teresina
2
Fátua Maldemás
27 anos
1,72 m
Atriz
Via do Oscar, 21
Maceió
3
Tomé Punacama
39 anos
1,80 m
Ator
Rua Ducenário, 39
Rio de Janeiro
4
Simão Tudoveh
63 anos
1,72 m
Produtor
Rua do Cofre, 66
Londrina
5
Elvira Dorrímel
31 anos
1,59 m
Maquiadora
Rua dos Pincéis, 73
Guarapari
6

Lúcio Luz Dupost
49 anos
1,81 m
Técnico em iluminação
Rua das Mariposas, 38
Blumenau
7
Alberto Valli Thudo
40 anos
1,73 m
Diretor
Rua da Estatueta, 52
Juiz de Fora
8
Omálen Thendido
36 anos
1,69 m
Sonoplasta
Rua do Eco, 49
Cuiabá
9
Tomaz Enquadros
44 anos
1,79 m
Operador de câmera
Rua Olho Vivo, 37
Mossoró
10
Ian Egofort
38 anos
1,80 m
Decorador
Rua Central, 51
Recife
11
Os suspeitos

Primeira pista

Este afresco foi elaborado para o cenário do filme. Encontre um hieróglifo a partir das indicações anotadas por Samir B. Igod, o policial encarregado da investigação:

- ele não está acima de um animal.
- ele está abaixo de uma figura humana.
- ele não está acima de um hieróglifo que possui forma redonda.
- ele está acima de um hieróglifo que possui forma retangular.
- ele não é um animal.

Anote, partindo de baixo, o número da linha e, partindo da esquerda, o número da coluna em que se encontra o hieróglifo. Esses dois algarismos formam o número da casa onde mora um inocente.

Segunda pista

Estes são os rolos de filme abandonados pelo sabotador em uma das salas da pirâmide. Observe bem cada filme e encontre os que foram cortados. Os rolos desses filmes possuem uma etiqueta da mesma cor das roupas de um inocente.

Terceira pista

O quarto do faraó foi reconstituído para o filme. Reproduzindo simetricamente os afrescos sobre a parede, o cenógrafo cometeu vários erros. Encontre-os. Seu número corresponde ao número de um inocente.

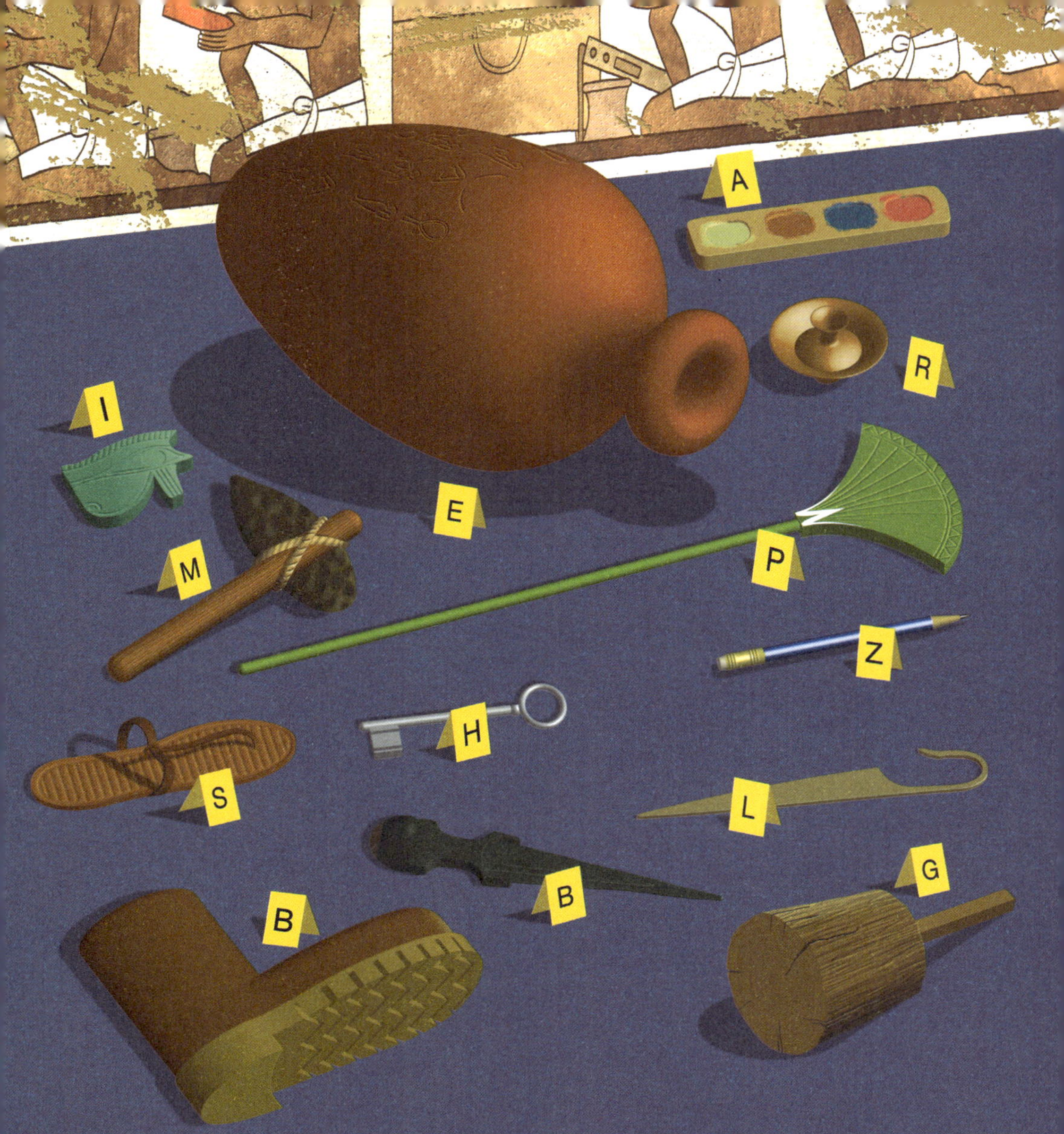

Quarta pista

Eis os acessórios que os atores utilizaram durante a filmagem. Alguns são objetos contemporâneos, não existiam na época do antigo Egito. Encontre esses objetos e anote as letras associadas a eles. Essas letras estão contidas no nome da cidade em que mora um inocente.

Quinta pista

Eis os resumos dos interrogatórios. Alguns suspeitos parecem não estar dizendo toda a verdade. Analise as declarações ao lado na ordem em que aparecem e diga o que é verdadeiro e o que é falso. Parta da porta de entrada.

- Se um suspeito diz toda a verdade, desloque-se uma janela para a esquerda da sua posição.
- Se um suspeito diz somente mentiras, desloque-se uma janeira à direita.
- Se um suspeito diz a verdade e depois uma mentira, vá para a janela do andar de cima.
- Se um suspeito diz uma mentira e depois a verdade, vá para a janela do andar de baixo.

Você chegará assim à janela onde se encontra um inocente.

Maria M. Odela: "Eu não sou a menor e adoro costurar."
Tomaz Enquadros: "Eu moro longe do mar e sou mais velho do que Aztecah Chorru."
Aztecah Chorru: "Eu moro numa cidade planejada e sou imberbe."
Lúcio Luz Dupost: "Eu sou pequeno e sou o mais jovem."
Simão Tudoveh: "Eu uso barba e tenho uma visão excelente."
Ian Egofort: "Eu moro longe do mar e tenho cabelos longos."
Elvira Dorrímel: "Eu detesto maquiagem e sou inocente."
Alberto Valli Thudo: "Sou mais jovem que Tomé Punacama e moro ao norte do Rio Jequitinhonha."

Sexta pista

Estas imagens recortadas da película foram encontradas espalhadas pelas salas da pirâmide. Todas elas parecem fazer parte do mesmo plano, que começa pela imagem marcada com um xis vermelho. Recomponha a cena observando as diferentes imagens. Apenas duas não podem fazer parte desse plano. Os algarismos ligados a elas se encontram na altura de um inocente.

Sétima pista

Eis alguns blocos de pedra artificial que serviram para a construção da pirâmide do cenário do filme. Sabendo que originalmente essas pedras formavam um cubo perfeito, determine quantos blocos faltam. O número que você obtiver é idêntico ao número da casa onde mora um inocente.

Oitava pista

Muitas testemunhas oculares viram o culpado sair correndo da pirâmide. Seus depoimentos são tão contraditórios que eles permitiram estabelecer apenas um retrato falado... ao inverso! Um único suspeito não possui nenhum ponto em comum com esta imagem. Ele é inocente.

Nona pista

Eis uma passagem do filme que foi sabotada. A imagem está muito danificada, e os diálogos estão não apenas incompletos, como também invertidos. Descubra o que diz o ator e anote as letras faltantes. Você poderá, assim, compor o nome de um objeto útil a um dos suspeitos e inocentá-lo.

Décima pista

Esta fotografia de um dos cenários foi tirada logo antes da sabotagem. A sombra do culpado, então, se encontra necessariamente projetada sobre a parede. Como falta apenas um suspeito, você pode inocentá-lo.

Identificação

Parabéns!
Todas as pistas recolhidas permitiram que você inocentasse os suspeitos um a um. Você pode agora desmascarar o culpado da sabotagem do filme.

Aztecah Chorru | **Maria M. Odela** | **Fátua Maldemás** | **Tomé Punacama** | **Simão Tudoveh**

Se você não encontrou alguma pista e está se coçando para saber as **soluções**, vire o livro e coloque-o diante de um espelho.

Elvira Dorrímel	Lúcio Luz Dupost	Alberto Valli Thudo	Omalén Thendido	Thomaz Enquadros	Ian Egofort

• **Primeira pista:** Simão Tudoveh. • **Segunda pista:** Ian Egofort (verde e laranja).
• **Terceira pista:** Elvira Dorrímel. • **Quarta pista:** Aztecah Chorru (B, H e Z).
• **Quinta pista:** Fátua Maldemás. • **Sexta pista:** Alberto Valli Thudo (3, 7).
• **Sétima pista:** Lúcio Luz Dupost. • **Oitava pista:** Maria M. Odela.
• **Nona pista:** Omalen Thendido (microfone). • **Décima pista:** Tomaz Enquadros.
O culpado, então, é...

Este livro foi composto com tipografia Barmeno (textos)
e impresso em papel Off Set 120 g/m² na Formato Artes Gráficas.